푸른사상
시선

97

사막의 사랑

강 계 순 시집

푸른사상 시선 97

사막의 사랑

인쇄 · 2019년 1월 25일 | 발행 · 2019년 1월 30일

지은이 · 강계순
펴낸이 · 한봉숙
펴낸곳 · 푸른사상사

주간 · 맹문재 | 편집 · 지순이, 김수란 | 마케팅 · 김두천
등록 · 1999년 7월 8일 제2-2876호
주소 · 경기도 파주시 회동길 337-16(서패동 470-6) 푸른사상사
대표전화 · 031) 955-9111(2) | 팩시밀리 · 031) 955-9114
이메일 · prun21c@hanmail.net / prunsasang@naver.com
홈페이지 · http://www.prun21c.com

ⓒ 강계순, 2019

ISBN 979-11-308-1405-6   03810

값 9,000원

푸른사상 시선 97

사막의 사랑

아홉 번째 시집입니다.

시선집 『지상의 한 사나흘』을 합치면 열 번째 시집이 됩니다.

부질없는 일인 줄 알면서 다시 이렇게 시집을 내는 것은, 내가 세상을 살아오면서 해온 일들 중 아이들을 키우던 엄마의 역할 말고는 글 쓰는 일이 가장 큰 몫이었으며, 또 금년은 내가 『사상계』를 통해 문단에 나온 지 만 60년이 되는 해이기도 해서, 이쯤에서 시 쓰는 일로 살아온 내 삶을 일단 정리하고 싶어서입니다.

이 시집의 5부와 6부, 7부에 수록된 시들은 나의 일곱 번째 시집 『짧은 광채』를 상재한 이후부터 2000년 초 언저리까지 쓴 것들인데, 그즈음 여러 가지 일로 인해 시집을 낼 시기를 놓쳐버리고 여태까지 거의 잊혀진 채 내 컴퓨터 안에서 잠자고 있었습니다.

시와 만날 수 없었던 많은 시간이 흐르고, 지난 2009년 미숙하기 이를 데 없는 신앙시집 『우매한 사랑』을 준비하게 되었는데, 그 과정에서 나는 건강도 어느 만큼 되찾게 되었고, 다시 시와 만났고, 또 깊은 평화와 자유도 얻었습니다.

살아 있다는 것이 축복이라는 말을 실감하면서 기운을 차릴 것 같았는데, 시집이 상재된 다음해에 또다시 집안에 시한부 환자가 생겨 나는 시를 생각할 겨를이 없었습니다.

그럼에도 불구하고 『우매한 사랑』 이후 시를 쓰는 일은 숨을 쉬는 일만큼이나 자연스레 이어져와 띄엄띄엄 쓴 원고가 웬만큼 모였습니다.

어느 아침, 문득 내게 시간이 얼마 남지 않았다는 것에 생각이 미쳤습니다.

그래서 15년 이상 내 컴퓨터 안에서 잠자고 있던 「소나기」 이후 시편들을 찾아내어 많은 부분을 손질했습니다. 이 책의 1·2·3·4부에 수록된 근년에 쓰여진 원고와는 거의 20년 가까운 세월의 터울이 지지만, 그냥 한 권의 시집으로 묶어 정리하기로 했습니다.

한때 '시 쓰는 일이 내 생존을 확인하는 유일한 방법'이라고 믿고 고백했던 날들이 있었던 것을 기억하면서, 보잘것없는 이 시집이 내가 살아온 긴 세월 동안 크든 작든 알게 모르게 나와 인연을 나누었던 많은 분들에게 마지막 인사가 되었으면 하는 마음입니다.

이 시집에 수록된 시들 중 지난 시집들에 수록되었던 것들도 몇 편 있는데, 많이 손질하고 다듬어 다시 넣었음을 알려드립니다.

이 시집을 위해 수고해주신 출판사 여러분의 노고에 깊이 감사드립니다.

2019년 1월

혜운(蕙云) 강계순

| 차례 |

■ 시인의 말

제1부 배웅

제2부 연가곡 변주

제3부 사막의 사랑

제4부 지워진 이름

12

제6부 눈 내리는 밤에는

제7부 슬픔의 세포

제1부
배 웅

배웅

지난봄에 피었던 꽃들은 다 어디로 갔을까
올봄에 다시 볼 수 있으리라 생각했지만 그 꽃들
지난봄에 다 져버리고
올해의 꽃은 지난봄의 꽃과는 다른 꽃으로 피어난다
보이지 않는 시간의 미세한 부식(腐蝕)
변하지 않는 것은 아무것도 없다,
가고 없는 지난봄의 꽃들, 그날 떠나보낸 사람,
허방을 헤매면서 건성으로 웃고 건성으로 손 흔들면서
수많은 이별을 이별인 줄 모르고 그저
무심히 보내기만 했다,
올해도 온몸 흔들면서 사방에서 피어나는 꽃들
거뭇거뭇 멍들어 흔들리지도 못하는 나는
다시 오지 못할 올해의 꽃들을 멀찌감치 서서
배웅하고 있다.

안부

설마 그렇게 어이없이 가버릴까 차일피일 미루고 있었습
니다
병석에 누워 있는 그대 머리맡에 앉아 가볍게 손 잡고
감사합니다, 미안합니다, 라고 꼭 말하고 싶었는데
허방을 기웃거리면서 부질없는 일로 시간 다 탕진하고
잃어버린 뒤에야 사무쳐서 허둥허둥 바쁜 걸음으로 돌아
와본 자리
마지막 눈길 한번 마주치지 못한 그대 그냥 보내고
정말 미안합니다
모래 한 줌 입안에 물고 세상 바람에 버둥거리는 동안
내게 건네준 그대의 미소 그대의 눈길 내 손 잡아주던 그
대의 체온
한 시대의 불안한 징후들을 함께 건너온 그대의 존재
감사합니다 꼭 말하고 싶었는데, 이제
횅하게 비어 있는 자리에 그림자로 남아 있는 그대 뒷모습
돌이킬 수 없는 후회로 가슴 치며 소리 없이 안부 묻습니다
한 세계의 모퉁이가 스러져가고, 나도
머지않은 날 그곳으로 가서 좀 더 자주

그대 곁에 머물겠다고 지킬 수 없을지도 모를 약속 거듭
하면서
　어찌할 바 모르고 그냥
　감사합니다 미안합니다.

그 아이

불쑥불쑥 그 아이가 왔다가 간다

온 얼굴 환하게 빛내면서 팔랑팔랑 깨금발로 뛰어서 온다

짧은 원피스로 무릎께를 덮고

연분홍색 낮은 구두를 신은 그 아이

부양할 능력도 없고 껴안고 살아갈 용기도 없이

늘 거추장스런 상처처럼 아프고 무겁던 그 아이,

뒤꿈치 깊이 찔려 몇 번이고 주저앉아 버둥거리던 어느 길목

어두운 쓰레기장 옆 어딘가에 팽개쳐버리고

긴 세월 까마득히 잊어버리고 살았다

가끔씩 불처럼 가슴이 데어 돌아보다가

너덜너덜해진 내 일상에 코가 석 자나 빠져 그때마다

애써 고개 돌리고 잊어버린 척 다시 놓아버린 그 아이,

불쑥불쑥 나타나서 하느님처럼

천진하고 기쁨에 찬 얼굴로 내게 손을 흔든다

등이 휘는 무거운 세월에도 전혀 나이 먹지 않고

고통에도 슬픔에도 때 묻지 않은 어린 그 아이

잊어버릴 만하면 찾아와서 내 심장을 톡톡 건드리고

딱딱하게 굳어버린 어깨도 다독거리면서
연초록 물이 배어나는 손으로 용서하듯
명치끝에 막혀 있는 멍울도 쓸어내린다,
천연덕스런 얼굴로 가볍게 미소를 던지면서
저무는 들판을 건너 자주
왔다가 간다.

탱자 울타리

빽빽하게 탱자나무 울타리가 둘러쳐져 있었다
뒤꿈치를 치켜들고 키 높이면서
키보다 훨씬 웃도는 그 울타리 너머 낯선 세상을 향해
종일 발 부르트도록 뛰어오르던 막막함
봄이면 희고 작은 꽃들 꿈처럼 피어나고
자주 새들은 그 울타리를 넘어 날아오르면서
날카롭게 소리 내어 울었다
나도 새들처럼 꿈속에서 몇 번이나
그 울타리를 넘나들면서 소리 죽여 울었다
금빛 방울 같은 탱자가 지천으로 매달리는 가을이 오고
노오란 방울들 바람에 흔들리면
가시투성이 탱자나무들에서는 뎅그렁뎅그렁 뎅그렁
일제히 종소리가 울리고 그 종소리에 이끌려 나는 더욱
맹렬하게 탱자 울타리를 넘나들었다
자주 피 흐르고 찢기고 딱지 앉아가던 긴 세월
내 키도 탱자나무만큼 자라고
작은 상처에서는 작은 꽃이 피어나고
큰 상처에서는 큰 꽃이 피어난다는 것을 알았다

언제부턴가 그 꽃들의 그림자 거뭇거뭇

몸 위에 지도를 그리면서

화해하자고 화해하자고

뎅그렁뎅그렁 조그맣게 말하고 있네.

습지에서

갈대가 갈대에게 몸 비비면서 속엣 말을 건네고
갈대숲 속에 숨어 있는 이름 모를 벌레들도
소리 죽여 저들끼리 얘기를 나누고
저쪽에서 더 저쪽으로 아득히 날아가는
몇 마리 새들의 날개 끝에 남아 있는 여운
한나절 습지의 넉넉한 햇살 속에
슬쩍 어깨를 스치고 지나가는 바람도
쉿! 하고 입을 다뭅니다
작은 물살들 작게 대답하고
물 위에 핀 연꽃 그 적묵(寂默)의 미소,
태초에 지으신 아름다운 소리들로
세상을 다독거리는 이 습지에서
나 언제 한번 이렇게 고요한 목소리로 말해보았는지
시끄러운 세상에서 시끄러운 목소리 지르며 지나온
거칠고 사나운 시간들 부끄럽게 돌아봅니다.

봄비 2

죄인처럼 머리 다 쥐어뜯기고 뻣뻣하게 손 들고 서서
죽은 듯 견디고 있더니
복역 기간이 다 끝났는가, 오늘은
가벼운 발소리 내면서 언덕을 내려와
수런수런 얘기 보따리 풀어놓고
적빈(赤貧)의 들판을 밤새 젖은 손으로 쓸어내린다,
여기저기 손 흔드는 연초록 사발통문
오글오글 온몸의 세포 일어서고
가슴 저린 향기 천지를 뒤바꾸어놓는 네 몸 냄새로
죽었던 세상 다시 들어 올리니
안개같이 허무한 사랑인들 어떠랴
풀은 마르고 꽃은 시드니
사나흘 흔들리다 말 들판의
덧없는 바람인들 어떠랴
다시 긴 겨울이 와서 영영 만날 수 없게 될 때가 올 것이니.

텃밭

이맘때 아침이면 영락없이 텃밭의 토마토 몇 개
벌겋게 속을 뒤집고 있다
밤새 무심한 까치들 날아와서
가장 잘 익은 토마토에 주둥이를 묻고 신나게
여린 살을 헤집으며 단 물을 빨아 먹고 간 것이다
제일 싱그럽고 달고 연한 살을 가진 것들이
가장 먼저 절단이 난다
많이 사랑할수록 많이 다치는 삶의 텃밭인들
그렇지 않은가,
옆집 텃밭 주인은 토마토 위에 봉지를 씌우면서
더 이상 까치에게 도둑맞지 않겠다고 용을 쓰고 있지만
토마토 위에 비닐봉지를 씌우지 못하고 또 한 철 넘기고
마는
내 스무 살쯤의 아픈 상처 같은 토마토 몇 개
뜨거운 햇볕 아래 아직도 마르지 않은 속살
벌겋게 드러내고 있다.

화가 이중섭 1
─ 야마모토 마사코의 편지

오늘 아침 신문을 펼쳤다가
국립현대미술관 덕수궁관에서 열리는
화가 이중섭 탄생 100주년 기념 전시회 기사를 읽던 중
이중섭의 아내 95세의 야마모토 마사코가
이미 지상에는 없는 남편 이중섭에게 쓴 편지를 읽었다
세상과 결별한 지 60년이 지난 남편에게
아직도 절절한 사랑을 고백하고 있는 야마모토 여사의
고전적 사랑,
태평양전쟁 막바지의 폭탄 속에서도
사방에 죽음이 도사리고 있는 피폐한 땅에서도
조금도 두렵지 않았다는 그들의 일심동체
너무 가난해서 마구간에서도 자고
먹을 것이 없어 게를 많이도 잡아먹으면서
한 평 반이 못 되는 비좁은 방에서 살 비비고 살았던
7년의 사랑, 단 한 번도 후회한 적이 없는 운명이라고
다시 태어나도 이중섭과 함께하겠다는
그 편지를 읽으면서
이런 사랑, 60년의 세월이 너무 절절하게 아파서
한참을 울었다.

화가 이중섭 2
— 부부

화가 이중섭은 종이 위에서
버쩍 마른 팔다리를 쭈욱 뻗어 전신의 힘을 모아
천둥번개 같은 정념의 힘줄 모두 세운 채
아내 마사코의 몸 위에 온몸을 포개어 얹고
결사적으로 입을 맞추고 있다
두 날개를 뻗어 둥글게 포물선을 그리면서
온몸을 맡기고 있는 마사코
새의 모습으로 서로를 열렬히 껴안고
열렬히 비상하고 있다
작은 종이 위에서 화가 이중섭은
피 같은 사랑을 고백하면서
화폭 위에 지르르 지르르
전율로 흐르고 있다.

화가 이중섭 3
— 아이들

아이들은 게들과 손을 잡고 닭들과도 손을 잡고
꽃과 잎과 나비와 손을 잡고
발가벗은 채 해맑은 미소를 지으면서
이리 뒹굴 저리 뒹굴 온 세상을 굴러다니고 있다
전쟁도 없고 가난도 없고 이별도 없는 그들만의 세상
아이들은 푸르고 건강한 생명력으로 온몸이 활짝 열려
세상 모든 것들과 친구가 되어
크게 입을 벌리고 짓궂게 서로를 잡아당기면서
둥글게 둥글게 뒹굴고 있다.

제2부
연가곡 변주

자클린의 눈물
— 오펜바흐

아직도 떨리는 내 심장

거기 한구석에 앉아 연신 창밖을 내다보면서

초조하게 기다리고 있지

창밖 거리에 반 으스름 내리고

하나씩 둘씩 가로등 켜지는 시간 아직도 내 심장

선홍의 피 흘리면서 서성이고 있지

퉁기면 떨고 그으면 소리치는 내 사랑

돌아오지 않는 너를 위해 늘

낮은 음계로 울었지

온몸으로 떨면서 비어가고 있었지

가망 없는 사랑처럼 마지막 가로등도 꺼지고

드디어 내 심장도 멎고

세계는 망각의 어둠 속으로 가라앉아

흔적 없이 사라져가고

오늘도 깊게 떨면서 전신으로 울고 있는

저음의 내 사랑

어둠 속을 배회하고 있지.

물망초

— 이탈리아 가곡

이 세상 하직하는 날, 만일
누군가에게 내 눈 남겨두고 떠나면
그 사람 몸에 실려 몇 번쯤은 네 있는 곳으로 달려가
바람 부는 거리 홀로 서 있는 네 모습
다시 볼 수 있을까
이미 재가 되어 바람 속을 서성일 내 몸
가끔은 네 가까이 불어가서
네 몸 냄새 따뜻한 너의 손길 스칠 수 있을까
만일 이 땅 누군가에게 내 눈 남겨두고 떠나면
나지막이 비치는 가을 햇살에 등 태우면서 쓸려 다니는
낙엽들의 덧없는 몸부림 저무는 태양
서럽게 노을 깔린 하늘 바라보면서
그리운 네 얼굴 떠올릴 수 있을까,
너를 향해 늘 열려 있을 내 눈
잊지 말아다오 아름다웠던 이 세상
거센 물살에 쓸려 미처 말할 수 없었던 내 사랑
잊지 말아다오.

솔베이의 노래
— 그리그의 페르귄트 모음곡

네가 떠난 곳으로 나도 달려가서

햇살 밝은 네 마당에 가만히 숨어들어

바람인 듯 얼른 네 등 껴안고

가볍게 네 목덜미에 입 맞추리

네가 넘기는 책의 갈피갈피 네 손가락 닿는 곳마다

엷게 깔려 있는 먼지가 되어 네 입에 입 맞추리

네가 걷는 계곡마다 숨어 앉아

네 발목 깊이 적시는 꽃의 눈물로 피어나리

네가 떠난 그곳으로 나도 가서

먼 여행에 휘어진 네 허리 가볍게 받쳐 안고

흐트러진 네 머리칼 내 손가락으로 빗겨 내리고

지친 네 발등에 입 맞추리,

잠 속에서도 기도하리

하느님, 늘 보호하소서

초췌히 백발로 서서

돌아올 수 없는 네게 마지막 인사를 건네는

그때에도 나 깊이 기도하리

하느님, 늘 보호하소서.

로렐라이
— 독일 민요

숨 쉴 수도 없이 열에 떠서
마침내 파멸의 뱃길을 따라 그대에게 달려가는
마법 같은 그리움
햇빛과 물 그 언덕의 푸르름 그대 몸이 보내는 눈부신
미소,
버둥거리면서 그대 부르다가 결국 깨어져서
물속 깊이 가라앉을 줄 알고 있지만
아득히 어룽이는 마지막 그대 미소로 몸 적시고
내 심장 뛰는 소리 깊고 푸른 그리움 모두 그 물살에 풀어
오래오래 흐르고 흘러서 마침내
노래가 되고
그대 곁에서 맴돌며 노니는 춤이 되리니.

브람스의 눈물

— 브람스 현악 6중주 1번 2악장

마른 잎들 서로 비비면서 낮고 깊은 소리로 신음하고

세계는 상실의 냄새로 가득하고

모든 것들 낙하하고

목덜미 서늘하게 쓸어내리며 재촉하는

낮은 햇빛에 등 떠밀리면서

가장 고운 색깔의 옷 골라 입고

그대에게 갑니다,

집을 찾아 떠나는 새들의

천지를 울리는 우짖음 멀리 들으면서

그대 누운 흙 위에 마른 잎으로 덮이어

긴 날 썩어서 온전히 삭은 다음

새로이 실낱 같은 엽맥으로 소생할 수 있을까

오래 기다린 내 사랑 다시 볼 수 있을까

저음의 노래 하나 온몸으로 부르면서

그대 곁으로 가는 이 가을.

밤 인사

— 슈베르트의 〈겨울 나그네〉

어둠 가득히 차오르고 서서히 일어서는 바람
걷어낼 수 없는 절망이 발목에 감겨오는
시린 밤의 한가운데
사람들은 모두 잠들고
깊이 쌓인 눈 속에 발목을 묻으면서
폭풍이 떠밀어내는 춥고 어두운 밤을 걸어
그대 있는 곳 다시 한 번 돌아보는
비애에 찬 그리움
깊이 상처 입어 차가운 눈물로 얼어가는
굽은 등 지친 어깨 위에
쉬임 없이 눈은 내려서 쌓이고.

슬픈 아다지오

— 토마소 알비노니

썰물에 밀려난 물소리처럼
먼 곳으로 밀려난 그대
뜨거운 바늘로 전신을 찔러
살도 뼈도 녹아내리던 허기진 그리움도
부식되는 시간 속에 낮은 한숨 소리로 가라앉고
조용히 돌아서는 그대 어깨 언저리
상하고 빛바래어 바스라져가는 아득한 기억들
메마른 소리 내면서 이곳저곳 떠돌고 뒹구는
죽은 나뭇잎들같이.

작별

─ 모차르트 클라리넷 협주곡 2악장

흐리고 비, 온 세상 습기로 가득 찬 밤에

편지를 씁니다

창문 밖 멀리서 번져오는 아득한 풀 냄새

지나간 모든 시간을 담아 그대에게

편지를 씁니다

안녕하신가요?

세계는 고요히 숨 고르고 저 넓은 들판에

흰 점 같은 작은 꽃 하나 적적하게

젖어서 피어 있는 이 밤

가시 박혔던 자리 부드러운 빗물로 씻어 내리고

그 빗물 찍어

소리 없이 안부 묻습니다 저물어가는 세계의 한 끝에서

안녕하신가요?

샤콘

― 토마소 안토니오 비탈리

날카로운 현으로 단번에
세상 한가운데를 베어버린 그 아침
메마른 바람 차갑게 휩쓸어 가고
모든 것 갈래갈래 흩어져 떠나고
온 천지 종적도 없이 휑하게 비어버렸다
세상에서 가장 슬픈 노래
몇 날 몇 밤 애끓는 소리로 쿨룩거리면서
엎치락뒤치락 신음하더니
사정없이 갈라놓은 세상의 안과 밖
그랬다
내내 떨고 신음하고 뒹굴면서
소리 죽여 울었다.

제3부
사막의 사랑

편백나무 숲

— 사제 서품식

벌레들 젖은 입으로 물어뜯고 기어오르는 습한 땅에

굳게 뿌리내리고 서서 선사시대의 바람 듬뿍 안은 채

강건하게 서로를 엮고 있는 편백나무들

싱그러운 입김으로 수런수런 불어내는 생목의 향기

간혹 세상을 향해 휘파람도 불면서

균열을 견디어 마침내 단단하게 다져진 몸

눈부신 힘줄로 세상을 받치고 있는 상록의 나무들 곁에서

서늘한 바람 한 줌 내 젖은 이마를 씻고 가고

그 오후 내 속에도 들릴 듯 말 듯

작은 휘파람 한줄기 불고 갔습니다.

사막의 사랑

— 요한복음

그대 옷자락에는 언제나 모래 냄새가 난다
메마른 바람에 묻어 온 흙먼지 냄새가 난다
칼칼하게 갈라진 쉰 목소리로
애간장 타듯 부르는 그대 목소리에는
슬픔인 듯 안타까움인 듯 자주
피 냄새가 섞여 있다
갈라진 뒤꿈치와 허어옇게 바랜 무릎 다 드러내고
머리 둘 곳 없이 휘청휘청 걸어오는 그대 발걸음에는 언제나
굳은살처럼 박인 피로가 배어 있다
어디에도 머물 수 없이 걷고 또 걸어야 하는 끝없는 길
고달프고 허기진 그대의 사랑에는 멈출 수 없는 탄식의 눈물이
타는 듯 아픈 갈증이 뜨거운 인두처럼 지지지지 연기 냄새를 내고 있다
지도의 표면을 몇 번이나 바꾸는 거친 바람을 맞고도 도저히 닿을 수 없는
사랑이여, 그대가 손짓하고 있는 까마득히 먼 곳을 향해

나도 모래바람이 되어 벗은 발로 걷고 또 걷지만

너무 아득하여 언제나 허방으로 빠지고 마는 내 발걸음

어디쯤 가면 나도 그대의 발 앞에 엎드려

눈물로 그 발 닦아드릴 수 있을지.

새벽 미사

높은 나뭇가지 어딘가에서 이 새벽

세계를 향해 미사*가 봉헌되고 있다

이름 모를 새들이 생금(生金)의 목소리로 종을 흔들고

온 땅을 제단으로 삼아 서서히 새벽 어스름을 밀어내면서

생성과 소멸 모두를 담고

거양(擧揚)되는 성체

보이지 않는 옷깃으로 가볍게

공기를 흔들면서 걸어 나오시는 당신 앞에

세상의 문들 활짝 열리고

땅 위에는 온갖 꽃들이

지천으로 피어납니다.

* Pierre Teilhard de Chardin의 『세계 위에서 드리는 미사』.

봉숭아꽃

알 수 없는 세계의 어느 곳으로부터
터지는 불씨 하나 날아와 잠시 꽃으로 피었다가
드디어는 짜디짠 소금과 시고 떫은 백반으로 짓이겨지는
전 존재
유년의 어느 기슭 긴 밤 내내
각질의 손톱에 스며들어
상처나 비명을 통하지 않고는 도달할 수 없는
아름다운 표징으로 손톱마다 피어나던
그리움, 이 여름 환한 인호(印號)로 다시 살아나서
잃어버린 시간의 궤적 위에 눈물같이 반짝이는
그대여.

선인장

그 몸속에 저장되어 있는 찐득한 액체를 조금 떠내어
삐어서 부어 있는 발목에 붙이면 금방 부기가 가라앉고
불에 덴 자리에 바르면 화기가 가신다
찧어서 먹으면 속병도 낫는다는 선인장
참 이상한 일이지, 그 영험의 액체 둘레에는
왜 온통 가시가 무성하게 뒤덮여 있는 것일까
가시에서는 왜 피 같은 꽃이 피어나는 것일까
가시에 찔려 피 흘리지 않고는 그 신비한 액체를 얻을 수
없으므로
따갑고 아픈 가시 끝을 피해 사람들은 그냥
눈으로 스치고만 지나가고,
혹 치유할 수 없는 깊은 상처로 인해 손 뻗치는
한 사람을 기다려
오늘도 양 손 들고 피 흘리면서
세상의 한가운데 서 있는 사막의 꽃.

귀거래(歸去來)

자주 벼랑의 돌 틈에 빠졌던 발목
허옇게 뼈 드러난 무릎 혼신으로 일으켜 세우고
지구를 몇 바퀴 돌고 돌아서 비로소 돌아온
오랜 사랑
늙고 늙어서 이제는
불길로도 타지 않고 바람으로도 긁히지 않는
단단한 원석으로 남아
말도 줄이고 눈물도 줄이고
고향 온돌방 이불 밑에 발목을 묻고
침묵의 집을 지으며 늙어가는
쓸쓸하고 쓸쓸한 내
오랜 사랑아.

처서

기습적으로 퍼붓던 여름 소나기에도 청청하던
무성한 나뭇잎들 다 어디로 가버렸는지
밤새 찬바람 매몰차게 달려와서 쏴아 뿌리더니
서리 희게 내려 말갛게 씻긴 아침
푸른 하늘만 저만치 적막하게 열려 있다
혹독한 여름 내내 이해하기 힘든 책과 씨름하면서
풀 죽어 끙끙대던 나도
서늘히 일어서는 능선을 따라 마지막 책장을 덮고
군잎들 떨어내는 나무처럼
매무새를 고쳐 앉는다.

향기

어디에 저장되어 있었던지
가벼운 바람에 섞여 와서 머물지도 않고
내 몸과 느낌을 스쳐 지나가는
볼 수도 만질 수도 없는 부재의 존재
기억하고 있지만 가두어둘 수 없는
그리움 같은 것 조금 슬프고 조금 황홀한
비물질의 은유,
시간의 부식토 밑에서도 썩지 않고 있다가
문득 아득한 어디쯤에서
기적처럼 소생하여 명치끝을 건드리는
환한 세필(細筆).

겨울 등반 2

숨 죽여 내리는 눈(雪) 어둠 속에 홀로 환하고
작은 바람조차 조심스레 비껴가는
야영(野營)의 겨울 산
어디선가 낮은 물소리 먼 그리움처럼 도란거리고,
고산 나무의 묵은 상처 뿌옇게 드러나는
이 밤 지나면 다시
더 춥고 가난한 어느 고원으로 옮겨갈 것이니
낡은 지도를 펴고 그리움으로 뻗은 길 모두 지울 것입니다
더 이상은 길 잃지 않을 것임,
빈 집 한 채 짓고 꺾인 관절을 푸는 밤에
온화한 발성의 손풍금 소리 어디선가
아득히 들리는 이 골짜기.

제4부
지워진 이름

지워진 이름 1

쏟아지는 눈 속을 걸어서
동사무소에 갔다
이름을 쓰고 주민등록번호를 쓰고 그리고
그 사람의 사망진단서를 제출했다
한 이름이 지워지고
한 사람이 지워지고
한 생애가 지워지는 순간에도
세상에는 계속 눈이 펑펑 쏟아지고
사람들은 이리저리 헤매면서 분주하게 거리를 걷고 있었다
아무리 어깃장을 놓아도 바뀌지 않는
차디찬 이별, 내 앞에서 빠르게 소멸해가는
시간의 뒷모습,
이미 삭제된 한 사람의 뒷모습을
허공 속에서 가만히 보듬고
입 앙다물고 가슴 깊이 찌르는 눈물 삼키면서
사망 신고가 끝난 동사무소를 뒤로하고
다시 눈 속을
하염없이 걸었다.

지워진 이름 2

머리맡에 둔 놋그릇을 챙그랑챙그랑 두드리면서
새벽마다 내 잠을 깨우더니
수건을 적셔 얼굴과 손을 닦아주고
미음을 떠서 입안에 넣어주면
한 치 앞도 보이지 않는 희망의 끈을 잡듯
웃는 듯 찌푸리듯
얼굴에 잔주름 잡으며 눈 치뜨고 쳐다보더니
이제는 그 입도 손도 얼굴도 볼 수 없는 텅 빈 방에
벗어놓은 옷가지만 더부룩이 널려 있고
오래 복용하던 약 냄새와 함께
아직 가시지 않고 떠도는 그의 체취
가끔 환청처럼 챙그랑거리는
놋그릇 소리와 함께 빈방을 떠돌면서
오래도록 없어지지 않는
그
냄새.

지워진 이름 3

눈길로 손짓으로 자주 무언가를 보채고

응석 부리듯 잠시도 곁을 떠나지 못하게 하더니

지금은 들리지도 보이지도 않는 어느 곳으로 갔는지

하루하루 멀어져가는 기억 속에서만 어른거리는

그 눈과 손짓,

산소 호흡기를 쓰고 눈도 뜨지 못한 채

물을 달라고 보채더니

그 물 한 모금도 마시지 못하는 먼 곳으로 가서

이제는 안아서 일으킬 수도 없는 그림자로 남아

덧없는 기억으로만 떠돌고 있다

허망의 비수로 깊이 찔려

보이지 않는 피 철철 흐르는 가슴 안의

텅 빈 자리에 남아

내내 떠돌고 있는 그의 그림자.

지워진 이름 4

그가 누렸던 사랑과 기쁨 열망과 배반
화려했던 젊음의 한나절 그 명예와 자랑 모두
한 줌 재로 타서 사라지고
지상에 남은 것은 그저 서서히 멀어져가는
흐리고 흐린 기억의 편린들뿐
한 사람이 떠나고 난 자리에는
아무것도 남는 것이 없다
밝은 대낮에도 허망하고 쓸쓸한
텅 빈 시간, 시간이 흐르는 대로
슬픔도 추억도 서서히 흘러가고
살아 있는 사람들끼리 먹고 마시고 떠드는
그 사람과는 아무 상관이 없는 것들만
바람처럼 오고 가는
휑하게 빈 세상.

지워진 이름 5

조금만 감기가 들어도 몸 어디가 조금만 불편해도

어린아이처럼 엄살 부리고 보채던 사람

같은 반찬이 두 번만 식탁에 올라도 눈살을 찌푸리고

음식의 간이 조금만 싱겁거나 짜거나 해도

젓가락을 대지 않던

참으로 깐깐하고 불편했던 사람

지금은 내 맘대로 짜게도 맵게도 먹으면서

그 사람 생각을 한다

그 사람의 입맛에 매이지 않는

자유롭고 편안한 식탁이

왜 이렇게 허술하고 서운한지 때때로 불편하기도 한지,

아무 일 없었던 것같이 무심히 시간은 흐르고

잘 적응되지 않는 이상한 자유만이

저 혼자 무한정 넘쳐

텅 빈 한나절 내내 목을 누르고 있는.

지워진 이름 6

자주 버럭버럭 소리를 지르고 깐깐하고 고집스러워

더러는 미워하고 눈 흘기기도 하면서

엎치락뒤치락 살아온 긴 세월 한순간에 사라져버리고

지금은 아무 곳에서도 아무 소리도 들리지 않는

이상한 적막만이 가득 차오르고 있다

아무것에도 어떤 시간에도 매이지 않는

낯설고 허술한 자유만이 온 천지에 넘치고

오랜 세월 피부에 밀착되어 있던 단단한 무게의 무언가가

한순간에 뭉텅 떨어져 나가버린 것같이

몸의 중심이 흔들리는

이상하고 서먹서먹한 낯선 한 세계

물이 차오르듯 서서히 차올라

깊은 침묵 속으로 나를

떠밀어내는 무거운 고요.

지워진 이름 7

아침 신문을 읽던 중
이해하기 애매한 시사 문제가 궁금해서
무턱대고 신문을 들고 건넛방 문을 열었다가
참, 그는 없지, 그는 가버렸지, 빈방이지, 하면서
도로 주저앉는다,
잘 이해할 수 없는 정치나 경제 시사 문제에 대해 설명을
구하면
대한민국의 군인 출신답게 그는
카랑카랑한 목소리로 어깨에 힘을 주고 팔순이 넘은 나이
에도
사관학교 학생 시절의 충정과 애국의 신념으로 눈을 빛내
면서
세상 일 모두 보수적인 시각으로 이해하고 설명해주었다
사회에서나 가정에서나 매사에
고집스럽고 경직된 사고를 신념처럼 간직하고
가부장적 권위주의로 뭉쳐 있던 사람
귀에 익은 그 날카로운 목소리, 오늘은
텅 빈 방에서 메아리로 울리면서
철렁철렁 온 집을 흔들고 있다.

지워진 이름 8

그가 떠나고 없는 땅은 춥고 어둡다
목숨은 유보되고
목울대까지 들어찬 슬픔만이
넘칠 듯 넘칠 듯 으르렁대는 이 거리
몹쓸 바람 가득히 쓸려 다니고
우울한 무게로 매달려 깊이 침묵하는
잿빛 구름들
꽉 찬 가슴속의 두터운 고통이 마침내
세상으로 쏟아져 나와
거리마다 검은 조기로 펄럭거리고
그가 없는 땅은 빨리 늙는다
잡초들 이리저리 쓰러져 눕고 빛은 사라지고
음울한 습지에 등을 대고 있는
성성한 백발.

지워진 이름 9

산소 호흡기를 쓰고

부패한 몸속의 오물들을 쏟아내면서

목이 타서 물! 물! 하고 외쳤습니다

기도로 물이 들어가면 위험하다는 의사의 말에 겁을 먹고

물 한 모금 주지 못하고 그냥 보내버린 나의 미련한 처사

두고두고 가슴에 맺혀 숨이 막힙니다

부디 그 사람에게 주님,

깨끗한 물 한 모금 마시게 해주십시오

꽤 강건하게 보이지만 실은 그 사람

마음이 매우 약하고 겁이 많은 사람입니다

죽음이 눈앞에 온 것을 알았을 때

얼마나 무서웠을지 얼마나 절망적이었을지

세상에서 가장 사랑하는 가족들을 떠나야 하는 두려움

혼자 어떻게 견디었을지

주님,

그 모든 번민 모든 고통 모든 두려움 당신 손으로 거두어

주시고

이제는 당신 곁에서 평화롭고 따뜻하고 밝은 날을

시원한 물 맘껏 마시면서 누리도록 해주십시오

지상에서 미처 누리지 못한 온갖 기쁨과 충만

당신의 자비로 채워주십시오

그에게 영원한 평화와 안식을 주십시오.

제5부
소나기

소나기

한때는 우리의 사랑도 저렇지 않았으랴
사금파리 같은 햇살에 등을 태우고
채울 길 없는 갈증에 목이 메어서
고통 같은 결핍 언제나 울음으로 터지던
청청한 여름
전신으로 찾아 헤매던 우리의 그리움도
저렇지 않았으랴
사방에 물보라를 세우면서 쏜살같이 맨발로 달려와
염천 더위 한낮의 불붙는 땅을 적시고
검푸른 숲 뜨겁게 고인 침묵도 서늘히 흔들고
드디어는 분별없이 쏟아져서 온몸으로 드러눕는 소나기의
전력투구
한때는 우리의 열정도 저와 같지 않았으랴
팽팽하게 시위 먹은 짧고 날카로운 화살
세상 밖으로 쏘아대다가
끝내는 깨어져 자취 없어진 순수의 날개,
비산(飛散)하는
무지개 같지 않았으랴.

부산 1

'전쟁이 났습니다. 모두 집으로 가십시오'
일요일 늦잠 속에 지진처럼 떨어진 사감 선생님의
다급한 목소리를 뒤로하고
이불 보따리와 책가방과 옷가지들 챙겨 들고 뿔뿔이
도망치듯 집으로 갔다
끊임없이 출몰하는 공비(共匪)와 밀고 밀리는 전쟁의 소문
강가에서 산에서 쓰다 버린 소모품처럼 썩어가는
젊은 시체들을 넘어
산과 들에는 변함없이 가을이 오고 바람이 불고 또 봄이
와서
꽃들은 천연덕스럽게 여기저기 지천으로 피어났다
젊은 남자들은 모두 어딘가로 숨어버리고
아이들만 너댓 명씩 떼를 지어 골목을 두리번거리는
텅 빈 동네, 자고 나면 누군가의 죽음이 속달로 전해지고
불길한 징조처럼 스름스름 어둠 내리면
꼭 꼭 문 걸어 잠그고 호롱불도 끄고
이른 잠자리에 들어 쥐 죽은 듯 이불 뒤집어쓰고
긴 긴 꿈속에서 숨 막혀 허우적거렸다

절인 배추처럼 풀이 죽어 눈치만 늘어가는
무섭고 지루한 기다림 속에서
우리들의 몸속에는 보이지 않는 총탄과 불확실한 미래가
여기저기 쓰린 상처로 박히고
회복할 수 없는 상실의 병균에 깊이 감염되어
녹슨 고철처럼 어느 구석인가 조금씩
부슬부슬 삭아 내리고 있었다.

부산 2

피난민들 모두 썰물처럼 빠져나간 휴전 이후
도시의 바람은 흐릉흐릉 황량한 소리를 내고
산마다 널려 있는 판자촌
물들인 군복과 구호물자와 깡통들이
끝나지 않은 전쟁의 복병처럼 여기저기 남아 있는
광복동과 남포동 도떼기시장*
군인들이 점령한 학교 옆 언덕배기에 천막을 치고
휑하게 구멍 뚫린 가슴으로 다시 책상에 앉아 우리는
깊이 상처 입은 꿈들 하나씩 꿰매면서
거리에 나가 풀빵과 단팥죽을 사 먹고
밤이면 땋았던 머리를 풀고 극장 뒷자리에 숨어 앉아
'분홍신'과 '인생유전'과 '올훼'를 보았다
톨스토이와 도스트예프키를 읽고
죄와 죽음의 냄새를 맡고
자갈치 시장의 소금기 밴 바람이 송곳처럼 찌르며 달려
드는
겨울 바다의 울부짖는 소용돌이에 부대끼면서 건너온
한 시대의 혼돈과 방황

이해할 수 없는 인생의 문턱에 한쪽 발을 올리고
막막한 두려움에 날개를 움츠리면서
비린 살 속을 타고 흐르는 알 수 없는 눈물
목울대를 차오르는 뜨거운 멍울도 함께 삼키고
먼 곳에서 손짓하는 난해한 깃발을 향해
검붉은 돛을 올리고 출항을 서둘렀다
모험과 좌절의 먼 먼 항해, 길은 어디에나 있고
또 아무데도 없었다.

* 도떼기 시장 : 지금의 국제시장.

부산 3

하루 종일 물속에서 첨벙거리거나 모래성을 쌓다가
스름스름 송도 앞 바다에 어둠 내리면
된불 맞은 듯 쓰린 몸에 우물물 몇 바가지 끼얹어 식히고
커다란 모기장을 친 여관방에서 깊은 잠에 떨어졌다
한밤중 외할머니의 잠꼬대에 소스라치게 놀라 눈 떠서
몽유병자처럼 모기장을 들치고
눅눅한 바다의 어둠을 향해 걸어 나가면
맨발에 닿는 아직도 식지 않은 따스하고 부드러운 모래
집어등을 켜고 흔들리듯 몇 척의 목선 떠 있는
검은 바다의 막막함, 바람 한 줄기 획—
자객처럼 내 몸의 중심을 관통해 갔다
흰 거품 일으키면서 쓸려 왔다 쓸려 가면서 애끓듯 부서
지는 파도 소리
화인처럼 깊이 박힌 바람의 살(煞)
몇십 년 세월 흘러 아득한 아직도
늑골 및 어디쯤에서 그렁그렁 끓으면서 울고 있다.

부산 4

친구 집 서가에서 어렵게 빌려 온 먼지 낀 시집

책장이 닳도록 뒤적거리면서 읽고 또 읽고

누우런 모조지에 옆으로 줄을 그은 투박한 공책에

밤 새워 그 시들 또박또박 베끼면서

미당과 청마를 읽었다 김광균의 설야(雪夜)를 읽었다,

하루 종일 들락거리던 동네 작은 책방

주인 아저씨의 따가운 눈총 등 뒤로 받으면서

사고 싶은 책들 이것저것 만지작거리다 그냥 돌아 나온
가난한 밤에

잠 이루지 못하고 시인을 꿈꾸었다

그립고 아름다운 이름 하나 주홍글씨처럼 가슴 깊이 새기
고 밤마다

미친 듯 날뛰는 시퍼런 바다 곤두박질치는 배에

팽팽하게 바람 먹은 돛을 올리고

황홀한 세이렌*의 노래에 홀려서 떠돌았다,

언제 당도할지 알 수 없는 해안을 향해

어깨가 빠지도록 힘주어 배 몰아온 세월

막막하고 암담한 깊은 안개 속에 아직도 출항의 경적 목

메듯 울고

떴다 잠겼다 날카로운 암초에 부딪치면서

머리 둘 곳 없이 온 생애 흔들리고 있는 끝없는 항해.

* 세이렌 : 그리스 신화에 나오는 바다의 요정.

부산 5

모처럼 통행 금지가 해제된 성탄 전야
몰려나온 인파들로 발 디딜 틈 없는 광복동 거리에
모여서 술을 마셨지 진눈깨비를 맞으면서
세상을 통째로 삼키듯 겁도 없이
처음으로 선보인 도라지 위스키를 마시고
서러움인지 분노인지 알 수 없는
막막하고 허허한 가슴들 모여서 부대끼던 1950년대,
산비탈마다 옹종옹종 붙어 있는 판자촌
물들인 군복이 상흔처럼 거리를 배회하고
뚝뚝 꺾인 마른 나뭇가지들 스산한 바람에 흐릉흐릉 울고
바다만이 시퍼렇게 살아 숨 쉬는 습기 찬 항구
먼 이국 시인의 이름과 잘 이해할 수 없는 시 몇 구절 서
툴게 발음하면서
머리 맞대고 밀항의 꿈 실현하기 위해 한 척의 범선을 꿈
꾸었지
큰 무역선들이 정박하고 있는 항구의 방파제를 이리저리
불안하게 떠돌면서 감미로운 음모에 가슴 뛰던
광복동 언저리 내일을 알 수 없는 떫고 설익은 이십대, 우
리들의
사상의 발원지.

부산 6

다섯 개인지 여섯 개인지
막막히 먼 곳에 떠 있어 늘 정확하지 않은 오륙도
해맑은 날이면 손가락을 꼽으면서 헤아리고 또 헤아리고
그곳으로 가는 꿈 물길처럼 멈출 수 없었다
꿈꾸는 일이 전 존재이던 청청한 날의
반짝이는 비늘들 바다 깊이 묻어두고
그 바다 떠나와서 메마른 땅의 먼지 속을 헤매면서
방향도 없이 절뚝이며 걷는 동안
뱃멀미하듯 오륙도는
꺼졌다 다시 떠오르고 또다시 사라지면서
아득한 수평선에서 항시 손짓하고 부르는
다섯 개인지 여섯 개인지 아직도 잘 알 수 없는
먼 나라의 이름
전생의 어디쯤에선가 내 무릎을 적시고 안아주던
물길로 흐르고 있다.

봄비 1

오랜 잠 속에 누워 있었네

숨 쉬고 있던 모든 것들 단칼에 베어내고

차디찬 뒷모습으로 그대 떠나간 이후

깊이 벤 상처 땅속 깊이 묻고

아주 오래 어둠 속에 갇혀 있었네,

깊고 단단한 잠 속으로 어젯밤 어디선가

삐삐삐삐 비밀의 주파수 은밀하게 타전해 오더니

물빛 사발통문을 만들어 여기저기 뿌리면서

그대 다시 돌아와 내 앞에 섰네,

흙 묻은 손발 햇살로 씻어내고

삭고 찌든 어둠도 부드럽게 밀어내고

연초록의 확신으로 다시 일어서서

보이지 않던 빛 다시 보이고

들리지 않던 소리 다시 들리게 하는

비밀의 주파수 삐삐삐삐

신비한 암호를 보내면서 여기에서 저기에서

호출 부호를 누르고 있네.

작은 성당

이름 모를 풀꽃들 듬뿍듬뿍 피어 있는 언덕
그 풀꽃 흔드는 소슬한 바람 만나면서 오솔길 한참 걸어
서 올라가면
거기 관목들 사이 반쯤 문 열고 서 있는 작은 목조 성당
의미를 알 수 없는 라틴어와 그레고리안 성가 속에는
하느님보다 먼저 다가오는
미지의 지평이 있었다
나직이 마을을 울리고 파장을 이루면서 어린 혼을 불러
내던
서러움 같기도 기쁨 같기도 한 종소리
때때로 비 내리고 때때로 안개 짙게 깔려
젖은 꽃 덤불 사이 가보지 않은 길 이끌리듯 이리저리 헤
매면서
저물녘 고갯길을 넘나들다가
외방인 같은 늙은 수녀의 손에 이끌려
매번 다시 돌아오는 성당 문 앞
해독할 수 없는 천상의 언어가
아득히 십자가로 서 있고 나는

어지럼증으로 자주

발목이 휘청거렸다.

유년의 집

모닥불처럼 마당 둘레를 밝히고 있던 참꽃들 따서 목을
축이고
새벽안개 속에 쌓이는 감꽃들 입안 가득 씹으면서
허기진 어린 꿈의 공복을 채우던
꽃은 봄마다의 내 양식이었다
억센 가시 곤추세우고 얽혀 있는 늙은 탱자나무 울타리에
눈발 같은 꽃이 덮이면
이름 모를 새 몇 마리 가시 위에 앉아 목청 높여 울고 내
가슴에도
알 수 없는 가시 몇 개 깊이 박혔다
따뜻한 김 뿜어 올리면서 시시각각 마법의 잠에서 깨어
나던
나무들의 푸른 손을 따라 내 꿈의 키도 턱없이 자라나고
아득한 노을에 뜨겁게 목이 죄던 봄날 저녁이면
짚신 몇 켤레 가슴에 품고 낯선 땅으로 떠도는 꿈 단단히
엮으면서
밤을 새웠다, 뒷산에는 수시로 도깨비불 어른거리고
바람처럼 일어나던 역마의 살(煞)

단봇짐 몇 개 싸고 풀고 또 싸면서 보이지 않는 길 찾아

몸속의 더듬이를 모두 세우고 가슴속의 지도 닳도록 읽으

면서

가시 울타리 너머 먼 세계를 향해

오르고 또 오르던 새벽 꿈 끝자락, 언제나 가위 눌려

진땀에 흠뻑 젖는 미몽이었다.

출항

낯선 거리 낯선 억양의 새벽안개 속에서
내 키는 한 치쯤 성큼 자라났다
아버지를 따라 처음으로 서울 나들이를 했던
열두 살 가을,
따스한 햇살과 요람으로부터 이륙하는 출항의 작은 신
호가
몇 번인가 환각처럼 지평을 흔들고
등줄기를 타고 푸드덕푸드덕 새 한 마리
깃을 털면서 일어섰다

몇 묶음의 들찔레와 달리는 바람
팽팽하게 시위 먹은 비애의 화살 몇 촉 짐 속에 챙겨 넣고
열렬한 가출의 꿈 함께 싸서
몇 날 몇 밤 잠 설치던 타관의 방
평화로운 아버지의 잠 곁에서 매고 풀고 또 매던 신들메,
딸랑딸랑 작은 종 흔들면서 지나가는 두부 장수의 쉰 목
청이
문풍지를 흔드는 이른 새벽이면

결행할 수 없는 꿈과 함께 풀죽은 등허리
매번 식은땀에 후줄근히 젖어 있었다

완행열차를 타고 다시 돌아온 고향집
키 높은 가시 울타리 안에는
이미 빛바랜 동화책과 옹이 빠져나간 툇마루의 낡고 헌
나뭇결
낯설게 자라난 성가신 잡풀들이
시늘히 식은 가을 햇살에 무료히 누워 부시시부시시 삭아
내리고
밤마다 가위눌리는 내 꿈속에는
피 묻은 부리로 벽을 쪼아대는 크낙새 한 마리
어린 깃 푸득거리면서 온몸으로
끄억끄억 울고 있었다.

고래

떠도는 자의 암호 하나 가슴 깊이 숨기고
뒤척이는 파도가 되어
지중해 푸른 바다를 건너고 있었다
갑자기 한쪽 뱃전으로 우르르 사람들이 몰려들어
"고래다!" "고래다!" 저마다 자기 나라 말로
만세 부르듯 손 흔들면서 소리치고, 저만치서
물을 뿜으며 솟구쳐 올랐다 다시 내리꽂히는 고래 한 마리
순식간에 지나갔다
바다에는 눈부신 햇살 금싸라기처럼 부서지고
사람들은 다시 고래가 나타나기를 기다리면서 이쪽저쪽
두리번거리고 몰려다녔지만 다시는
그 고래 볼 수가 없었다,
  그때 그 고래 아무도 몰래 내 가슴속으로 힘차게 헤엄쳐
들어왔다
  고래 한 마리 가슴속에 키우면서 잠들 수 없는 밤 켜켜로
쌓이고
  쉼 없이 싸우고 달래고 다치면서 난폭한 힘에 떠밀려 자주
키를 넘는 파도에 휩쓸렸다,

이제는 저문 항구의 불빛 속에 정박하여
순하게 웅크린 한 척의 고철(古鐵), 꿈속에서
더러는 잃어버린 시간 위에 쓸쓸히 돛을 올리고
더러는 낯선 항구로 키를 돌리면서
오래전 먼 바다를 향해 떠나간 고래의
검푸른 근육 날카로운 이빨에 다친
거뭇거뭇 녹슨 상처를 손질하고 있다.

제6부
눈 내리는 밤에는

등불

흔들리는 호롱불 하나 처마 끝에 매답니다
이 등불 이정표 삼아 찾아올 이 아무도 없지만
스스로 마음 따뜻해지는 등불 보고 있으면
세상의 모든 빛들 아무리 아름답다 해도
사람이 켠 작은 등불이 가장 따뜻하다는 것에
목이 멥니다
찌꺼기로 남은 기름의 바닥까지 태우면서 환하게 흔들리
는 불
짧은 심지 돋우이 내 안을 비추면
한 사람의 마음도 밝혀 주지 못한 생애의
빈곤한 궤적들 우르르 대못이 되어 일어서고
빛이 되지 못하고 스러진 작은 불씨들이
키를 넘는 내 안의 어둠 뜨겁게 지지면서
여기저기 재가 되어 흩어집니다.

노을

어느 고승 한 분 입적하시는지
하늘 가득 불길 번지고 있습니다
사리 몇 개 남기고 가는 가벼운 걸음 따라
바람도 없이 온 세상 화염에 쌓이고
적소(謫所)의 거친 흙 한 줌까지 아름답게 물드는 이 저녁
고통도 결이 삭으면 탈진의 가벼움으로 올라
세상 밖에서 눈 뜨는 혼이 되는지
멀리서 작은 별 하나 투명하게 열립니다.

모과주

비천한 육신의 갈피마다 독한 술로 절이고
완고하게 자리 잡고 있던 떫디떫은 생래의 고통도
부드럽게 무두질하면서
보이지 않는 시간을 견디고 마침내
죽음 같은 침묵의 손을 잡으면
각질의 서러움과 군데군데 멍들었던 상처들 모두
말갛게 씻겨 내리고
향기가 되어 우러나는 눈물
길 너머 아득한 곳을 향해
조용히 일어서는 그리움이 된다.

신기루 1

아침마다 한 움큼씩의 잎들 떨어내고 서 있는 나무의
듬성듬성 빈자리 크게 보이고
청대(靑竹) 같은 힘 풀려 이미 허물어진 빈 뼈와 살
황야에 몸 맡기고 그대 보낸다
매운 최루탄 몇 개 가슴에 품고 아득한 신기루를 꿈꾸면서
낯선 길 위를 무작정 서성이던 여름
작은 바람에도 밤잠 설치면서 뒤채던
가혹하게 아름답던 사랑도 뒷모습만 보이나니,
부서지지 않고는 돌아갈 수 없는 길
부서져서 땅속에 스미는 일이 가장 높이 비상하는 일임을
정수리에 못 박히듯 시리게 깨닫는 가을, 그대 보낸다
언제나 등이 눌려 허리 펴지 못하던 그리움의 짐 그만 내
려놓고
가벼운 차림으로 옷 갈아입고
그대
보낸다.

신기루 2

유황 냄새 머금고 윙윙거리는 바람 아직
먼 용마루 위를 서성거리고 있지만
돌아보면
이미 성문 굳게 닫혀 있고
한때 무모한 용기와 기쁨으로 가득했던
먼 나라의 흔들리는 이름들
길목마다 가시덩굴 우거져 성할 날 없이 군데군데
피멍으로 깨어진 젊은 무릎 강건한 뼈의 날들이여
잘 있거라, 아득히 높아 더는 넘겨다볼 수 없는
형형한 단청, 어둠조차 아름답던 미망의 날
둔탁하게 빗장 질리는 소리 등 뒤로 들으면서
그리운 것들의 마지막 유골 수습하고
휘휘한 고요 속을 걸어서 돌아가는 길
미립자의 추억들이 눈가루가 되어
희끗희끗 흩어지고 있다.

눈 내리는 밤에는

벗은 가지들 위에 눈꽃들 켜켜이 쌓여

세상은 은빛 침묵 속에 서로 따스히 몸 기대고

지붕 위에는 미처 거둬들이지 못한 곶감들

달고 쫄깃쫄깃한 살로 흰 밤 지새던 고향의 작은 집

호롱불 흔들리고 벽 위에 검은 그림자 활동사진처럼

희미하게 움직이던 황토 방

창호지 너머 툇마루까지 쌓인 눈 내다보면서

순백의 발자국 찍어 먼 곳으로 길을 내던 꿈의

폭설 내리던 밤, 아직도 고향에는 그 눈 위에

작고 힘찬 발자국 찍혀 있는지

검정 숯으로 눈과 코 그린 그 눈사람 마당 가운데 덩그

러니

모두 잠든 밤 지키면서 홀로 서 있는지,

눈 내리는 밤에는

허어옇게 머리 센 타관에서 몰래 엿보는

누릇누릇 단내 나는 고향의 뜨거운 온돌방

아궁이에 장작 타는 냄새 매캐하게

슬픔인지 그리움인지 옷 깊이 적시고

젖은 바람 너머 남루한 세월의 흔적들 쓸리면서

아득히 지등(紙燈) 하나

흔들리고 있다.

수목원에서

수많은 나무와 꽃들이 저마다 이름표를 달고
나 모르겠어요? 모르겠어요? 하면서 달려왔습니다
기억의 통로에 걸린 녹슨 자물쇠 세차게 흔들면서
유년의 들과 산으로 가는 길 환하게 열고, 아주 잊었나요?
등 떠밀면서 다그쳤습니다,
향긋한 풀 냄새 가쁘게 들이켜면서 끝도 없이 달리던 유
년의 산비탈
잡목들 사이 가득히 떠돌던 금빛 미세한 해의 가루들
눈부시게 우쭐거리던 물푸레, 상수리, 떡갈나무, 버들강
아지, 맨드라미, 봉숭아들
아득한 날의 깜깜한 암실에서 인화되어 불현듯
따뜻한 그림 몇 장 주홍빛 지등처럼 일렁이면서
내 앞으로 달려왔습니다

긁히고 넘어지고 쫓겨 다니는 진흙길 위에서
허어옇게 머리 세어 빈손으로 돌아보는 누추한 회향의
길,
미루나무 손 흔드는 신작로 저만치 운동회 날의 풍선처럼

높이 떠오르는 이름들, 이쪽으로 와! 이쪽이야! 메아리로
돌아왔지만,
　　너무 멀리 떠나온 길 꺾인 관절 뚝뚝 소리 내고
　　천근 같은 무게의 뒤꿈치 붙박인 목각인형처럼 그냥 서서
　　가까운 시일 안에 다시 만나자고 저쪽으로 건너가서
　　다시 만나자고 쓸쓸히 손 흔드는 어느 날 수목원
　　뜨겁게 목을 죄며 떨어지는 노을.

학림다방

삐걱거리는 나무 계단을 올라 문을 열면

저녁 으스름처럼 아늑히 고여 있던 불투명

동안(童顔)의 모차르트가 천상의 소리를 내면서 건반을

두드리고

희끗희끗 빛바랜 머리와 수염을 한 브람스도

창가에 앉아 조용히 손 들어 인사를 했다

낙엽들 이리저리 으슬으슬 몰려다니고

몸 움츠리면서 나무들 쓸쓸하게 신음하는 깊은 가을에는

긴 머리의 줄리엣 그레코도 구석 자리에서

수줍은 듯 저음으로 인사를 하던

작은 세계의 다락방

저마다 장미 가시에 찔려 식지 않는 미열을 견디면서

그 미열 위에 힘찬 나무 한 그루씩 키우고

몇 잔의 독한 커피로 갈증을 달래던 명륜동 학림다방

닿을 수 없는 길을 찾아 울컥 울컥 객혈 같은 열정으로 헤

매던

설익은 삶의 초입에 나날은 언제나 쾌청이었다

미지의 땅을 찾아 닻을 올리고 뿔뿔이 떠나가서

배반과 분노의 가파른 단애를 거쳐
질척거리는 삶의 늪 속을 허우적거리다가 문득
지친 날개를 접고 돌아온 명륜동 거리
고속의 세상 속에 늙은 뿌리 그대로 붙박고 있는
학림다방의 삐걱거리는 나무 계단을 올라 문을 열면 아
오래전에 떠나보낸 순은(純銀)의 눈물을 만난다
가슴에 질린 녹슨 빗장 가만히 열리고
아득한 기억의 통로에 서서 푸릇푸릇 빛나는
키 높은 나무를 민닌다
이미 흔적조차 희미한 상흔 위에
발열하듯 돋아나는 그리운 비애.

가을 산

한 생애 몸 비비고 얽혀 있던 잎이란 잎들 모두
우수수 떨어져 내리는 가을 산 깊은 골에는
떠나는 것들로 가득하구나
벼랑의 바위 끝에 엎드린 메마른 이끼들
쓸려가는 바람의 차디찬 뒷모습
내일쯤에는 흰 눈도 덮이리니
나무들 몸 흔들며 떠나거라 떠나거라
목쉰 소리로 인사를 하고
세상 질러 가는 바람의 한 끝에 서서
저 혼자 깨어서 흐르는 물소리 듣는다
찬 비 머금은 어둠 한세상 적시며 지나가고
숨죽인 자정 어귀쯤에서
떠나거라 떠나거라 인사를 하는
쓸쓸한 우리의 만남.

제7부
슬픔의 세포

외삼촌

김해에서 천안, 천안에서 서울
멀쑥한 키 휘어진 허리로 휘이휘이
삼천리 곳곳 헤매 다니던 나의 외삼촌
낡은 바지 뒷주머니에 꽂혀 있는 문고판 시집 두어 권
그의 손때 묻은 전 재산이었다,
노숙의 길목마다 떨어지는 별 몇 개 주워 야윈 가슴에 달고
나날이 줄어드는 체중, 노자(路資) 떨어지면
증류수에 알코올을 타 마시고 바람처럼 수시로
방향을 바꾸었다
봉놋방 어둠 속에 시린 허리 누이고
가볍게 남은 살 허무의 시린 칼로 마저 베어내면서
구멍 뚫린 위장에 밥 대신 술을 넣고
한 생애 무모히 찾아 헤매던 먼 무명의 세계
가도 가도 끝없는 미망의 길,
부르트고 마른 입술 마지막 한 잔의 술로 적시고 마침내
빈 손 빈 마음으로 흙이 되어갔다
그가 남긴 바람만 사방에서 내내
나를 향해 손짓하고 있다.

열녀비

낡고 헌 돌 위에 희미한 음각으로 남아 있는

옛날 옛적 조선 여인 내 증조모

소진해가는 지아비 병든 목숨 위해

할고요부(割股療夫)*

한 사발 절명의 기도로 바치고

속살 깊이 파인 다리 흰 무명으로 동여맨 채

남은 목숨 지지지지 기름불로 태우며

소태 같은 눈물의 낮과 밤 모질게 견디어낸 독하디독한 피

몇 줄의 글로 돌 위에 새겨져서 내 가계 속에

전설처럼 내려오고 있다

아무도 찾아주지 않는 김해(金海) 들판 외진 자리

양회 가루 날리면서 빠른 걸음으로 달려오는 마천루들 속

에서

작은 몸 더욱 움츠리고

피 묻은 치마 백일홍 꽃 덤불로 가리고 있는

서릿발 같은 조선조 아녀자 한 서린 생애,

가슴 깊이 품고 있던 쓰일 데 없는 녹슨 단검 하나

달빛 푸른 허공에 언뜻언뜻 날 세우면서

한 목숨 소지(燒紙)처럼 살라 올린 아득한 날 꿈꾸듯 되돌

아본다

  쓸려 가는 세월의 낯선 구석으로 내몰리고 잊히어

  멀고 먼 옛 얘기로 떠돌다가

  어둑어둑 해 저물고 비 내리는 날 간혹

  말갛게 씻긴 얼굴로 도깨비불처럼 잠깐씩

  왔다가 간다.

* 할고요부(割股療夫) : 자신의 살을 베어 남편의 병을 치료한다는 뜻.

아버지

창원(昌原) 지방 독립군에게 군자금과 무기를 전달하다가
호된 옥살이를 하신 할아버지*의 뜨거운 피 내림을 받아
일경(日警)의 감시를 피해 사학당(私學堂)을 세우고
무산자의 자녀들에게 조선 말 조선 얼을 가르치면서
조국 없는 청년기의 긴긴 날들을 절치부심
비분으로 날을 지새우던 내 아버지,
일본 천황의 패전 항복 선언이 있던 그해 8월 15일
수십 명의 사학당 학생들에게 일제히 태극기를 들리고
당당히 대로로 나와 만세를 불러
패전의 절망과 분노에 치 떠는 일인(日人)들의
살의의 표적이 되었던 분
독설과 직언을 명함처럼 들이대면서 세속의 영화에 등 돌
리고
가난한 친구에게 당신의 옷조차 선선히 벗어주면서
무모한 열정 하나로 아름다운 세상을 설계했다
세상 물정 모르고 뛰어든 한국 최초의 '예술영화사'
'갈매기'**의 꿈 위에 당신의 꿈을 포개어 가산을 날리고
권력에 유린된 할아버지의 유업***을 바로잡기 위해

십여 년이 넘는 송사에 매달려 살던 오기와 고집

마침내 기진맥진하여 부패와 불의의 권력 앞에 좌절하고

깊은 병 얻어

한 줌 재로 부서져 바다로 갔다

항시 꿈으로 떠 있던 멀고 아름다운 나라를 향해

수만 개의 날개를 달고 푸르게 날아올랐다

불 속에서도 죽지 않은 선명한 언어 "인생은 예술이야"

빈자리에 남아 아직도 쟁쟁하게 감도는

그분의 말씀.

* 할아버지 : 姜元錫. 『한국독립사』(1956년 애국동지 원호회 발간)에
  수록.
** 갈매기 : 아버지가 한국 최초로 설립한 '예술영화사'에서 직접 제
  작한 영화의 제목.
*** 할아버지의 유업 : 부산 동아대학을 설립하고도 공로를 다 **빼앗**
  기고 억울하게 돌아가신 일.

어머니의 김치

팔순이 훨씬 넘으신 친정어머니 아직도
김치를 담그신다
추위에 곱은 손 비비고 문지르면서
텃밭에서 자란 무와 배추 손수 뽑고 다듬고 절여
날짜와 시간을 가늠하면서 김치를 담그신다
세상 바람에 휘둘리고 다치고 떠밀려 다니면서
좀체 발길을 하지 않는 딸을 위하여 조바심치며
너무 많이 익지 않게 너무 덜 익지도 않게
냉장고에 넣었다 꺼냈다 하는 동안 시어진 김치
기다림은 언제나 일방적으로 익고 삭는다
세상의 모든 기다림 모든 믿음 절절할수록 오래 묵을수록
마침내 기진하여 저 혼자 풀죽고 쉰다
허방에 빠져 허덕이고 헤매는 세상의 길목마다 더욱
사무치게 젖어드는 어머니의 손길,
때를 넘긴 김치에서는
굵게 마디진 손과 푸석푸석 내려앉은 쇠잔한 기력으로
조였다 늦췄다 근근이 지탱해온 간절한 기다림
소금으로 더께 앉은 인내의 시간이
한꺼번에 발효하여 온 방을 넘치고 있다.

달팽이

풀잎 위의 이슬을 받아먹으며
여기에서 저기, 저기에서 또 다른 저기로
끊임없이 배밀이를 하면서 헤매고 다니지만
꼬리에 달고 다니는 집 한 채 결국 버릴 수 없구나
이른 아침 머리를 세우고 출발한 길의 막막함
뜨겁게 목을 죄는 노을 아래 하루의 노역을 마치면
등줄기 휘어지고 어둠과 함께 땅에 몸 누이는
일용할 나날의 유형(流刑)
흔적 없이 삶이 으깨어질 어느 날까지
더듬더듬 허공을 냄새 맡고 더듬더듬 기웃거리면서
땅 위에도 풀 위에도 내려놓지 못하는
공허한 집 한 채
덩그러니 등에 지고 배밀이를 하면서
허구한 날 전신으로 절망을 밀어내고 다니는
절망도 하루의 꿈이 되는.

낚시

보이지 않는 무엇을 찾아 꿈꾸는 자는 자주
반짝이는 낚싯바늘을 물지,
희망의 뒷모습은 보이지 않으니까
낚싯밥 속의 날카로운 바늘은 보이지 않으니까,
낚싯밥 같은 희망을 덥석덥석 물고
땅으로 올라오는 인어공주의 꿈, 드디어는
뜨거운 숯불 위에서 생애를 태우지
숯불 위에서 비로소 몸속에 박혀 있는 낚싯바늘도 헐거워
지고
낚싯밥을 물기 이전에 살 속 깊이 숨어 있던
낚싯밥을 물고 싶은 생래의 욕망도 드디어 타서
연기로 사라지지,
낚시에 걸려 땅으로 끌려나와
머리를 짓이기고 이리저리 튀면서 발버둥치는 물고기들
거대한 손이 아가미를 벌리고 목통을 조이기 시작하면
희망은 고통의 다른 이름이라는 것을
고통은 삶의 또 다른 이름이라는 것을 비로소
깨닫게 되지.

사막

초원인가 하면 마른 모래 위를 지나가는 해의 그림자
헛것들의 흔들림 신기루로 일어서고
뿌리조차 말라붙은 풀의 덤불들 군데군데 쓰러져서
죽은 꿈의 껍질을 껴안고 쨍쨍한 밤의 추위 속에
깊은 잠을 잔다
방향도 없이 스르륵거리며 헤매고 다니는 모래, 금시
거대한 몸으로 일어서는 구릉이 되고 다시 하룻밤 새
깊은 계곡이 되어 꺼지듯 내려앉으면서
낙타 몇 마리 그 안에 키우고 있다
시시각각 모습을 바꾸면서 하늘까지 닿는 회오리로
매순간 지도의 표면을 바꾸어 놓는 신(神)의 맨살,
    드디어는 곤고한 육신의 무게조차 가볍게 허공으로 들어
올리는
    안식의 마지막 거처.

게임

허리 잘록한 개미 한 마리 무거운 짐 지고
겨울 준비를 위해 부지런히 땅굴을 찾아가고 있다
땀 뻘뻘 흘리면서 간신히 길을 찾아 방향을 잡는 순간
커다란 엄지손가락 하나 개미의 앞을 막고 선다
개미는 방향을 바꾸어 다른 길을 찾는다
다시 개미의 앞을 막는 엄지손가락
다급한 개미는 빠른 걸음으로 마구 뛰어가지만
개미의 속력 따위에 구애받지 않는
거대한 엄지손가락의 무소불위
여기에도 저기에도 나타나서 오갈 데 없는 개미의
지친 어깨를 내려다보다가
소리 없이 회심의 미소를 짓는다
재미없는 게임에 싫증 난 엄지손가락 드디어
게임을 종료한다, 게임 오버!
작은 개미 짓이겨졌다.

밧줄

때 없이 폭설 내리는 북국의 외진 오두막

들판으로 가는 길목쯤에 밧줄 하나 내놓고

그 밧줄 흔들어 눈 속에 작은 터널을 뚫지만

빠르게 조여 오는 공포 속에 좁고 긴 터널을 뚫지만

보이지 않는 저 너머 어디선가 마주 흔들어줄

불확실한 약속을 기다리고 있지만

백색의 참호 속에 유폐되어

생존을 확인하는 전력투구의 밧줄 흔들기

심장에 풀무질을 하지만

눈의 거대한 폭력 밑에서 꽁꽁 얼어붙은

침묵의 안테나,

북국의 깊은 겨울 키보다 더 높은 눈 속에서

마침내 벌레처럼 웅크리고 앉아

벌레처럼 혼미하게

밧줄을 타고 하늘로 올라가는 선녀의 꿈을 꾸지만.

슬픔의 세포

성급하게 달리면서 가시와 사금파리에 찢긴
상처의 겉살은 이제 다 나은 듯합니다
살은 스스로 재생 능력이 있어서
피 흘렸던 자리 말끔하게 수습하여 다시
본래의 피부로 돌아왔습니다 그러나
하루에 십만 개씩 파괴된다는 뇌세포
슬픔에 특히 많이 파괴된다는 뇌세포는
아주 재생되지 않는 것인지
파괴된 세포들은 저장된 기억의 덩어리와 함께
어디론가 사라져 허공을 둥둥 떠다니는지
아득한 슬픔의 깊이만큼 가라앉아
몸속 어디선가 보이지 않고 잡히지 않는
굳은 병의 씨앗으로 존재하는지,
슬픔에 상처 입어 행방불명된 뇌세포의 알 수 없는 행적
저들끼리 모여 치유되지 않는 절망의 나라 하나 세워
세상의 어둠 세상의 소멸 지켜보고 있는지
삭아서 바스러지는 뇌세포의 흰 가루
서걱서걱 몸속 어딘가를 갉아 먹으며

이리저리 돌아다니다가 드디어
나방처럼 날개를 달고 먼 세계의 어딘가로
떠나고 있는지.

시에게

바람난 사내 하나 끝내 못 잊고 밤마다 잠 설치는
초췌한 계집같이 빈 가슴 굽은 뼈
거뭇거뭇 검버섯 창궐한 손끝마다 힘 빠지고
성가시다 성가시다 푸념하면서
그래도 놓지 못해 오늘도 애간장 태우고
밤이나 낮이나 싸우고 다치면서 깊이 든 정 끊지 못하는
나의 밥이며 고통이며 지겨움인
시, 그대 냉정한 몸
나를 버리고 가시는 임은
십 리도 못 가서 발병나네,

날마다 등을 보이고 돌아서는 배반의
지지듯 타는 불가마에 살을 태우고
아주 그대로부터 도망치고 싶어 몇 번이나
단봇짐 싸서 사립문 밀고 나서다가 그래도
나 죽기 전까지 조강지처로
질기게 남아 있고 싶은 열절한 소망

허리 굽히고 굽히면서 매달리는

비천한 나날의 비애.

시와 함께 걸어온 길

강계순

문단에 나온 지 올해로 60년이 된다.

그동안 여러 권의 시집을 내고 또 산문이나 기타 이런저런 글을 쓰면서 시인이란 이름으로 살아오긴 했지만, 과연 나는 시인이란 이름에 걸맞게 제대로 살아왔는지 생각하면 부끄럽고 미안하고 쓸쓸한 마음이 들 뿐이다.

겉으로 보기에 무심하고 일상적으로밖에 보이지 않는 시간이 내 인생의 많은 부분을 차지하고 있었다고 해도, 그럼에도 불구하고 나는 시를 제외하고는 삶의 모든 것을, 기쁨과 고통을 말할 수가 없다.

사람이 누군가를 사랑하고 있을 때는 늘 사랑하는 그 사람만을 바라보게 되며 그를 위해 보낸 시간만이 보람되고 가치 있는 시간이라고 생각하는 반면, 그렇지 않은 시간은 모두 공허하고 헛되며 잃어버린 시간이라고 생각하게 되듯이 시인에게는 시를 바라보는 그 시간만이 참으로 의미 있고 살아 있는 시간이며 유일한 삶의 방법이라고 생각하게 된다.

그러므로 얼마나 많은 시를 썼느냐 얼마나 뛰어난 시를 썼느냐에 상관없이 한 사람이 일생을 시에 사로잡혀 산다는 것은 그 존재의 비극성과 모순을 극렬하게 드러내는 것이 아닐까라는 생각을 하게 된다.

"예술은 한 사람에게 전부를 요구하고 사랑도 한 사람에게 전부를 요구한다."고 말한다. 예술은, 한 사람에게 예술 이외의 어떤 것으로도 완전한 기쁨과 만족을 얻을 수 없게 하는 큰 힘을 가지고 있다. 예술 한 가지 이외에는 더 이상 아무것도 허락하지 않는 전제적 힘을 가지고 있다는 말이다.

그러므로 시인은 숙명적으로 세상과의 불화를 겪지 않을 수 없다.

그 불화의 숙명은 유한성과 일상성으로서의 우리의 삶과 궤를 나란히 하고 있으므로, 진부하고 일상적인 지상적 존재의 삶과 초월적이며 심미적인 시의 체험이 부딪치는 곳에 완전한 자유도 완전한 반목도 있을 수 없으며 우리로 하여금 늘 가파르고 분주하며 목마른 나날을 살도록 한다.

인생이란 언제나 각박하고 진부하며 또한 극과 극을 달리는 곡예와도 같은 것이어서 한번도 삶의 그늘에 느슨하게 누워서 쉬어본 적이 없는 숨가쁜 나날이었지만, 그래도 내 삶 속에는 밤마다 한 척의 배를 띄우고 물 위에서 밤을 지새는 만선(滿船)의 꿈이 있었다. 희미한 집어등을 켜고 밤으로 떠나는 조업, 배를 저어 힘겨운 투망을 하면 그 끝 어디쯤에서 상앗빛 언어를

만나는 만선의 꿈, 시와 밀회하는 몸 저리는 시간이 있었다.

젊은 시절, 시만이 가장 가치 있고 가장 높고 아름다운 것이라고 믿었던 날, 시인이라는 이름은 내게 지상의 어떤 이름보다 눈부신 이름이었고 가장 그립고 소중하고 유일한 이름이었다.

그러므로 나는 서툴게라도 시밖에는 할 줄 아는 것이 없으며 시 밖에는 볼 줄 모르는 색맹의 시력을 타고난 듯하다. 또한 시 이외의 것으로는 내 존재를 확인하는 방법을 모른다.

시는 그 전제적 힘으로 나의 시력과 감성과 생명력을 독점해왔고, 언제나 내게 시와의 뜨거운 밀회를 꿈꾸게 했다.

각박한 생활 속에서도 시는 때때로 내게 숨 쉬는 법을 가르쳐주었고 순간순간 자유의 공간을 제공해주기도 했다.

떠돌이 같은 마음의 병을 위로해주는 치유의 손이기도 했고 자칫 무너질 것 같은 삶을 지탱하게 해주는 든든한 바위가 되어주기도 했다.

세속적인 욕심이나 허영을 맑게 씻어주는 청정한 공기 같은 것이기도 했으며 고통의 신비를 깨닫게 해주는 열렬한 신앙 같은 것이기도 했다.

또한 시는 무심히 지나칠 수도 있는 작은 사물이나 인정에 대해서, 또 유한한 인생에 대해서, 부조리하고 모순된 삶에 대해서 민감하고 치열하게 대응하게 하고 골똘히 생각하게 하며, 그 본질에 닿기 위하여 전전긍긍하게 하는 아픔이었으며 자신의 초라함을 처절하게 깨닫게 하는 절망이기도 했다.

깊은 내적 열망을 성취하고자 하는 창작의 행위는 그 결과로

서 얻어지는 세인의 평가 같은 것과는 아무 상관이 없이 한 생명으로 하여금 긴장과 고독이라는 문을 두드리게 한다.

예술적 체험—세상의 어떤 것보다도 열렬하고 비극적인 체험은 그것을 통하여 도달하는 한 개의 우주를 발견하게 해준다.

니체는 "고독은 아무것도 스며들어 올 수 없는 일곱 겹의 거죽을 갖고 있다. 사람들 사이로 가본다. 그러나 이것들은 단순히 새로운 황야에 불과하다."라고 말한 바 있다.

'새로운 황야'를 찾아나서는 무용한 행위보다는 자신 속에 들어앉는 일, 외부로부터 그 해답을 구하지 않고 자신의 내부로부터 해답을 찾는 일만이 끊임없는 결핍을 메우는 유일한 방법임을 나는 알고 있다.

원고지의 막막한 벽 앞에서 오랜 시간 주눅들고 기죽어 있다가 문득 온갖 존재에게 이름을 붙여주고, 그 이름에 사고를 부여해주고, 또 그 사고에 사랑과 추억을 부여해줄 때, 또 오랜 침묵의 끝에 어떤 사물에서 한 개씩의 선명한 이미지를 건져 올릴 때 그 몸 저리는 감각과 쾌락을 어찌 설명할 수가 있단 말인가.

그러므로 나는 늘 시와 밀회하는 순간을 기다리면서 그 밀회의 순간을 위하며 모든 일상적이고 진부하며 숨 막히는 생활의 시간을 견디어낸다.

시와 밀회하는 시간은, 그것이 감미로운 쾌락을 느끼는 시간이든 혹은 고통스럽고 절망적인 시간이든, 내 가슴을 정직하게 뛰게 하고 세상을 진정으로 바라보게 하는 소중하고 자유로운 시간이다.

세상과의 불화가 그 숙명인 시인이라는 자리는 벅차고 고통스럽긴 하지만, 그러나 세상에 시 쓰는 일 말고 또 어떤 근사한 일이 있다고 해도 나는 아마도 시를 생각하는 시간만큼 정직하게 고통과 행복을 누리는 시간을 가질 수는 없으리라 생각된다.

가시 면류관이 그 영광이며 절망이 그 양식인 시인이라는 자리는 내가 평생을 익숙하게 지내온 가장 친근하고 소중한 나의 일이며 결국 나의 중심이며 내가 짊어지고 온 십자가이다.

이것밖에는 나를 설명할 길이 없으며 나의 삶을 증거할 표적이 없으므로, 비록 초라하고 부끄럽지만 내 존재를 확인하는 방법으로 시 쓰는 일을 드러낼 수밖에는 없다.

이제 모든 것의 뒷모습이 보이는 날에 서 있다.

시간은 배반한 애인처럼 빠르게 달아나고 문득 정신을 차려보니 너무나 짧게 남은 날이 그 꼬리를 힌하게 드러내고 있다.

환멸과 상처와 배반이 우리 삶의 뿌리를 이루고 있다고 믿어왔지만, 온갖 쓰레기와 잡동사니들의 더미 위에도 오랜 세월의 흙이 덮이면 그곳에 꽃과 나무와 억새들이 피어서 아름답게 흔들리듯 결국 모든 슬픔에서조차 향기로운 자양분이 피어난다는 것을 이 나이에서야 알게 되니 인생이야말로 얼마나 성대한 배움의 자리인가 싶다.

아직도 자주 시와의 밀회를 꿈꾸면서 살아가는 쓸쓸한 늙은 나이에도 평생을 시와 함께해온 세월을 돌아보면서 나는 늘 감사하지 않을 수 없다.

푸른사상 시선 97

사막의 사랑